丘锋

◇ 著

秋风

集

长江出版传媒　长江文艺出版社

作者简介

丘锋，70后，广东省汕尾市陆河县人，毕业于惠州大学中文系。大学期间开始诗歌创作，并在国家、省、市级刊物上发表作品，著有诗集《伤鸟》《少年郎》。中国诗歌学会会员，广东省作家协会会员，惠州市作家协会会员。

诗歌是一剂药方
治愈了我的忧伤

目　录

辑一　美好的事物总是一样的

辑二　我像水一样轻盈

秋风集

辑三 诗像舟一样横着

辑四　时光的印迹

辑 一

美好的事物总是一样的

凤凰花开

岭南凤凰花开
怒放一抹嫣红

它涂抹在天空
装裱成了晚霞

英雄胜利归故里
花开花落知时节

山楂树

山楂树站着
看着我的童年
像它开花一样
香漫山坡

山楂树站着
看着我的青年
像它结果一样
涩涩的味道

山楂树站着
看着我的中年
像它熟透了的果
"啪"一声掉落

哦，山楂树
淡淡的爱

找

一朵花
找自己的骨头
蜜蜂告诉她
肥沃的土地
藏着你的深情

一条鱼
找自己的鳞片
大海告诉她
浪花一朵朵
藏着你的思念

一只鸟
找自己的翅膀
风儿告诉她
海阔天空啊
藏着你的记忆

一个人

找自己的归宿

路人告诉她

八千里路云和月

藏着你的灵魂

木棉赞

是时候
拾起一树的春色
绽放在枝头
让风唱一曲
英雄赞歌

是时候
在岭南的烟雨中
唱一段粤剧
让风牵引着雨
化作相思泪

汨罗江，我想对您说

汨罗江，我想对您说
今天我躺在这里
您从我身上流淌
我觉得很轻很轻
一瞬间就化为虚无
我的泪，我的血
与江水，从今天回流到古代
我复原您投江流水的声音
我想抓住一位诗人的衣袖
和满江沉沉的诗句
一起漂流

汨罗江，我想对您说
这里的鱼
模仿着诗人
一跃而起投江
直到死了

骨头还保持着游动的姿势

汨罗江，我想对您说

江水一直呜咽

群山披上袈裟

龙舟竞渡只找到您

仍有余温的木屐

无言的告白

我披一身烟雨
在拔节，在结穗
我总是谦卑地说：
"母亲啊，
苍茫大地，
我要跪下来，
亲吻您的额角！"
这就是大地恩情
我还想在您的子宫里
慢慢地长大
缓缓地变老
可惜已是梦想

我提着秋风
歌唱稻花香
歌唱丰收谣
我向您献诗
这是无言的告白

落叶不是无情物

一片片黄叶
跳起了形体舞
她们耗尽了精华

我用纯洁的双手
虔诚地捧着叶子
落在灵魂深处

来吧，来吧！
来一段华尔兹或者探戈
终究是人间最美的时光

静夜思

千年后的今天
思乡的痛苦
仍然与月亮有关？
———题记

今晚，我偷听
吴刚、嫦娥与玉兔的私语
吴刚说：
"嫦娥妹妹，
我看见黑暗和光明，
源头从哪里来？
天上或者人间？
无法言喻？"
嫦娥说：
"吴哥实在多虑，
天外有天，

自有黑暗和光明，
一切皆因果。"
玉兔说：
"吴哥不必多虑，
天地人和，
自然而然，
一切有定数。"
我偷偷溜下天梯
暗暗吃惊
原来天上诸神知道
纷纷扰扰的人间
滚滚红尘不了事
原来李白无意说到了
从前月照古人思
现在月照今人事

今晚的月亮
落在我的心上
我像吞下整个
唐朝的魂魄

顿 悟

秋虫呢喃
月亮升起

木鱼声脆
灯笼高挂

焚香沐浴
思想升华

望故乡

望故乡

故乡是一尊佛

绽放着莲花和光芒

江河山川为之汗颜

我抓白云为带兮

我挥霞光万丈

泉水叮咚

唱响幸福的歌谣

望故乡

故乡是天上的星座

繁星坠落只为瞬间的美丽

爱在人间啊

我舞秋风翩翩兮

我托日落西山

只为吟唱

一个客家部落的传说

望故乡

泪涟涟

那里有我慈祥的母亲

已经附体同山阿

我日捶心肝兮

我夜不能寐

只为写下思念您的诗句

垂钓者

江水悠悠

垂钓者默默

他想钓起

前朝的哀思和忧愁

他想钓起

今朝的风雨和惊叹

我想起一个人

他从西周开始垂钓

无论是"愿者上钩"

还是"独钓寒江"

都有钓不完的鱼

追光者

漫漫长路

是谁撒下天罗地网？

　　——题记

1

追光者

面朝大海

缓缓托起太阳

一起升腾

他要托起希望、梦想

和滚滚红尘

2

追光者
眼含泪花
他借大海的波浪
披上战衣
准备战斗吧
追光者

3

追光者
布下天罗地网
他借鱼虾的鳞片
还魂人间
哦，天要黑了
他有使不完的劲

4

追光者
追逐着光明
他要揽天下英雄
五湖四海皆兄弟啊
他怕光芒消失
黑暗升腾

5

追光者
在天空播种爱
在大地播种情
他要脱胎换骨
像婴儿一样
重生，重生

6

追光者
在天之外
收集能量之源
他的眼神充满爱
和力量
茫茫人海
谁是他最后的爱人？

7

追光者
世事无常
谁能预料明天？
谁能拯救苍生？
谁能做救世主？

梵高的向日葵

1

瘦哥哥，这是献给您的赞歌

2

我顺手摘了一朵
不，是两朵
千万朵向日葵
它们有饱满的果实

3

瘦哥哥，这是您的田园吗？
她种植着向日葵

她有世界上最美的花
转眼间
她就成熟了

4

瘦哥哥，您最喜欢的
您最痛恨的
一位婉约的女子
她正从中世纪走来

5

您献给大地的
是饱满的果实
她深情地低着头
一副娇羞的模样

6

这是最后的赞歌
所有的美好
都开放成向日葵

7

一群鸟飞过
他们舍不得
啄食向日葵
这些向日葵啊
他们点缀了大地

8

瘦哥哥，允许我叫醒您
给天空涂抹上色
只有这样

才能配得上

五彩斑斓的世界

春天里（1）

二月的春天

湿漉漉地来了

春风化雨

此时此刻

我要歌颂春雨

"春雨贵如油"啊

洒向人间都是爱

我祈祷风调雨顺

我要送送春风

二月的春天

万物生长

潮湿的心情

温润的灵魂

还有我们的爱情

二月的春天

姗姗走来了

宛如江南女子

撑一把油纸伞

走在图画里

此时此刻

我要送送春风

春天里（2）

在春天里
我思念母亲
她还在怀孕着
一个五彩斑斓的春天
鲜花娇艳而盛大
大地空虚而寂寞
只有蜜蜂醉生梦死

哦，春天来了
我对青山喊:
　"妈妈，妈妈!"
可惜空山寂寥
回音渐渐消失了

在春天里
我也醉死梦生

春天里（3）

春天里

我的心藏着千军万马

只要春风拂过

我就挥师北上

借风的力量

吹掉一些花儿和小草

记得名字和不记得名字的

无一幸免

呵，我什么时候变得如此凶残

如一只猛兽

在草原上，在森林里

逐鹿群雄，称霸一方

春天里

我要成为王

让风信子作为使者

传递一种信息

让豺狼虎豹上阵猎食

让红蚂蚁和黑蚂蚁相互撕咬

只有蟋蟀喊着加油

草蜢跺脚跳来跳去

弱肉强食适者生存

这就是丛林法则

在春天里

兵荒马乱

桃花朵朵开

转世的桃花开了
染红了一池春水
我在桃树下
苦苦等待着
看开花甚至结果
她眼眸中的忧伤
她为谁披上嫁衣
她为谁唱着情歌
我是看不见听不着

今天的我
只想看她娇羞的模样
是多么的幸福和快乐
其实我也想开一朵桃花
无论前世今生

蝴　蝶

春蚕吐着思念
然后裹在里面睡眠

我想起江山美人
美酒咖啡

古藤树旁
蝴蝶翩翩飞

遥望七月

我眺望锦绣山河
青山犹在

岸边响起木鱼
群山披上袈裟

俯首一马平川
放牧着我的心灵

蜜蜂与花朵

蜜蜂躲在花蕊里
穿越了时空
看到了花的前世今生
唐宋明清的花很美
蜜蜂叹口气说：
"花无百日红，
人无千日好。"
不如采蜜
花朵也叹口气说：
"蜜蜂哥哥，
咱们聊聊现实与理想，
还有虚无！"

蜜蜂摔了一跤
跌回了今朝

薄　雾

在南方

时常见雾

这是回南天特有的现象

我在玻璃写上"我爱你"

没多久又给雾淹没了

恰似我一颗潮湿的心

藏在天地间

薄薄的雾

不知道什么时候

风起雾消失

黄昏之恋

烈焰红唇
印红西方

我想起童年的阿秀
曾经水灵灵的脸庞
如今充满了沧桑

我的爱
已经沧海桑田

含羞草

你是水样的新娘
含情脉脉望着远方
有情郎在何方？
一有风吹草动
你就娇羞地低下头
缓缓地闭上翅膀
我想起了玫瑰、百合
花样的年华
哦，微风吹过
你像蝴蝶般舞动
别样的生活

恼人的秋风

秋风，自由的风
扫起了黄叶，漫天飞舞
掷地有声，落地无痕
大地戴上了英雄勋章

秋风扫落叶
扫掉了曾经的繁华和喧嚣
哦，恼人的秋风
让我的心充满着虚无

我盼望着
秋雨丝丝，润物无声
小树露嫩绿，大树还健壮
又是一派好风景

无花果

无处安放
一颗孤寂的心
让绿叶陪伴你
慢慢生长

蝴蝶双双飞
时而撩动花草
一群蚂蚁忙碌着
拖动一条肥虫

驿动的心难以自已
我知道有一种结局
叫无花而果

小酒窝

是谁打开小酒窝？
是谁闪着长睫毛？
我亲爱的儿子
你拥有小酒窝
藏着太阳和月亮
你拥有长睫毛
藏着爱情和生活

山风在吹
打乱了你的长发
秋雨在下
打湿了你的脸庞
江河为你唱起了歌
群山为你跳起了舞
我的心温暖如初

晚　秋

秋风掠过山坡
青山便疼痛起来
抖落遍地的金黄

我的心充满惆怅
往日的繁华与喧嚣
一去不复返了

我向河里扔了一块石头
圈起的一片片涟漪
是莲的心事

无心睡眠

我的心焦虑

望着一群蚂蚁

踩着一丛野菊花

前赴后继前进

它们暗示着什么？

无从得知

难道它们知道人间的苦难？

我做梦也踩着野菊花

匍匐着前进

心里在呐喊：

"无心睡眠"

重　阳

重阳是王维
心中的茱萸
根在千里外

我看着泛白的照片
深深地低下头
思念故土的妈妈
她也在千里外

我含着泪花
就像儿时含着母亲的乳头
一阵阵奶香
月色般飘浮着

等雨来

久旱无雨
我在等风也等你

我凝视远方
渴望与一场秋雨
倾诉衷肠

蟋蟀哼着温暖的歌
响彻了静穆的黑夜

一场秋雨

秋风没完没了
也是南腔北调
一场秋雨一场愁

柿子红了
很像隔壁的小姑娘
低下了娇羞的头

雨打芭蕉
滴滴答答
宣泄着秋天的眼泪

夜色朦胧

有一种磷火
闪烁在旷野上
像萤火虫提着灯笼
在走

秋　思

秋天的果园里

偶尔可看见

红透了的柿子

在自由落体

“啪”的一声

惊醒了沉睡的大地

恰似秋天的思想

向下坠落

爱无邪

白云停止舞动
鸟雀停止鸣叫
羊羔停止咩咩
群山静穆
唯有一种声音
飘落在面前

辑 二

我像水一样轻盈

这 边

这边，有河水的波澜
鱼虾的游戏
白云的自由

这边，有惨淡的人世
我轻轻地踩着草
像一群群蚂蚁
在沙地上匍匐前进

这边，我用河水做墨汁
在天空画上七彩人生

这边，我拥有了风
就像我拥有了全世界

雪落无痕

无聊的时候
我想起了雪
雪落无痕

在我的心上
逝去的青春
像雪融化了

雪一直下着

昙花一现

历史书上说
有王朝或人事
总是昙花一现

我借祖国的一隅
像昙花一现
展现生命里的星辰

想起明月我想到你

想起明月我想到你
水一样的纯洁可爱
天真无邪的小姑娘

想起明月我想到你
爱情恰恰幸福美满
常春藤缠绕在树上

小太阳

每个人的手指甲
都有一个小太阳
它是健康的晴雨表

有时我望望太阳
低头看看手指甲
十个小太阳
像碧玉一样通透

致爱情

柴米油盐酱醋茶
已把我的体形
磨得越来越薄

脖子伸直脑袋削扁
望得长江天际流

相互搀扶过马路
这就是爱情的真谛

我像水一样轻盈

我像水一样外在轻盈
内在丰沛
像燕子般飞翔大地
剪去了春天的衣角

我像水一样外在轻盈
内在丰沛
从大江大河中腾飞
然后慢慢地落下无情泪
我的胸腔，血管充盈着
水回流的声音

我像水一样外在轻盈
内在丰沛
我迈着猫步
奔向江河湖泊
你是我的恋人

一刻也不能分离

我拥有你亘古不变的爱情

这一刻

天是一块蓝色画布
小江小河也是如此
大地的万物皆生长
唯有秋意渐渐变浓

色彩由鲜艳转浑黄
四周都是寂静无声
只有蟋蟀哼着小调
还有一些夜虫应和

我的腹腔已经擦亮
丹田充盈正气上扬
来吧，我们的战士
冲锋陷阵英勇奋战

这一刻
我手握黑暗的河流

奔流到海不回头啊

不回头！

莲　花

水流过小溪
使者走过春天
少女口含莲花
佛在升天

一种神秘
揭开了大地的伤疤
面纱缓缓升起
时光合拢

青　山

狐狸迷失森林
狗吠着陌生人
太阳一路西沉

水在流
青山依旧
埋葬了多少王朝

誓　言

月亮藏在画布上
摇曳着袅娜身姿
红玫瑰藏着爱情
响彻着虚伪誓言
我顺手抓住一个
贩卖爱情的逃犯

水

我以水为飘带

我以山为衣裳

我口含着水

水缓缓流进我的血管

于是，我拥有了澎湃的水

激情的水啊

在世纪的河流里

回荡着亘古不变的回音

我从水的源头奔流

四面八方

像在诉说着

动人的传奇故事

沿途的奇峰异草

更有猿啼声声

带来了水的魂灵

滋养着我们宽阔的胸襟

水一泻千里

九曲十八弯

充满着情和爱

好像谁的眼泪在流？

神女还是湘夫人？

我看见了未来

我看见了猿人

她们在祈祷

水啊，神之眼泪

水流经黄河、恒河、尼罗河

水流经江河湖泊汇聚成海

一群鲑鱼在溯游

她们在寻找故乡

她们在思索着

一跃龙门

便是成功的绝径

她们在欢呼

她们在拼搏

水记住了她们的轨迹

水从天上来

千秋万载传诵着

大自然的伟大

人类的渺小

我在沐浴更衣祈祷

水啊，大自然的精灵

您住进了我的身躯

我以您为骄傲

我好像拥有了千军万马

午　思

蚂蚁搬家

蜜蜂采蜜

蝉儿鸣叫

一缕茂盛的光

擦亮了我的心

新　年

我走过绿草地
看见小花含苞
小树发出新芽
一片生机勃然

花儿打开自己
像在宣示自由

我什么也不在意
喧嚣浮躁过后
是一片宁静

那条小河
还在身边流淌着
让我忘记了
爱情生活

少年郎

小时候
我在田里插秧
一位女老师骑着单车
蝴蝶一样飞过
我带着朦胧的爱

长大后
我带孩子们看农民插秧
一位女人开着汽车
风一样驶过
我对孩子说那是我的老师

呵，当年的少年郎
如今成为国门卫士

如 梦

两棵枯树一阴一阳
乌鸦声声凄迷悲切

有座寺庙香火旺盛
一年四季香客不绝

沐浴更衣手持香烛
虔诚祭拜如梦如电

河边掠影

野花野草有些旺盛
宣示着主权和自由
一对新人拍婚纱照
一群儿童嬉戏游玩
翠鸟埋伏在树枝上
一跃而起啄走鱼虾
心满意足饱餐一顿
解决了生存的问题
我想人类也是如此
弱肉强食丛林法则

寂寞的冬天

一场冷风雨
花轿抬来新娘

年幼时的梦想
总在冬天兑现

我不寂寞
等了二十几年

石　狮

红布蒙住狮头
点睛让他复活

石狮一头扎进江水
黑色的鸟飞出草丛

城市流行红眼病

金字塔

我捡了个陶罐
有条毒蛇吐信
不小心踩到象形文字
我变成了阿拉伯汗

尼罗河水倒映着
金字塔前倾旋转

恐龙复活患有哮喘

站 台

火车笛声悠扬
相拥的影子长长
错了
爱了

一只蝉鸣叫着
我在站台发呆

幸　福

我拥有了闲暇时光
手脚灵活关节不疼
爬山野炊享受自然
翠鸟啄鱼麻雀歌唱
桃红李白摇曳身姿
仿佛一切都慢下来

她 们

她们拥有初潮
她们拥有子宫
她们拥有爱情

她们有洁白的身子
她们有袅娜的身影

她们一辈子忙碌着
生儿育女繁衍后代
她们是我们的女人
或者是伟大的母亲

向她们致敬！

他 们

他们拥有凸起的喉结

拥有胡子

后来拥有了女人

再后来拥有了孩子

他们由衰转强

变得伟岸起来

他们骨骼生长

嘎嘎地响

他们从一无所知到无所不能

他们就是男人或者父亲

尘 埃

一粒尘埃
与另一粒尘埃
遇见水分形成小雾霾
寒冷逐步降临
撒下候鸟和盐
北风使劲地吹
转眼飘浮无影无踪

我也只是拥有水分最多的
那一粒尘埃

再　见

过期的牛奶
过期的药品
我把它们统统抛掉
只剩下一小块鳞片
和空无的蜜

辑 三

诗像舟一样横着

麦 子

麦子低垂着头颅
我想起了童年的阿鲁
她像麦子一样的肌肤
让我浮想联翩
我长大后一定要娶她

麦子谈论着明天
麦子的思想活跃
麦子得了相思病

夏天又来了
我的臆想症还没好

瘦诗人回来了

我的向日葵不见了
瘦诗人，是你拿走了吗?

大地苍茫夜色浑浊
你独自行走在草原
是你挥动赶马杆吗?
是你弹起马头琴吗?
我的瘦诗人
你把候鸟由北方赶到南方吗?

我是拥有马匹的人
我是拥有骆驼的人
我是拥有向日葵的人
瘦诗人，你要就拿去吧
天南地北别迷路了
我在制作陶罐
陶罐里装满玫瑰

装满了唐宋明清的诗句

瘦诗人你回来了
满天星辰都昏暗下来
水的一边
住满了水鸟
诗像舟一样横着

我在乎

我的诗是石头
藏在潮湿黑暗处
被人挖了出来
做成了心形宝石
我放在自己的肋骨上
开出了一朵朵莲花

瓷 器

白鸽飞起

我想到性

书籍

老夫子吃醋

念起"之乎者也"

花

蜜蜂折断翅膀
羽毛成为花瓣

花童捻算出路
少女容光焕发

爱　情

大地拿香水玫瑰奉献给你
我拿第四块肋骨奉献给你

夜　雨

僧侣诵经念念有词
木鱼声声飘落寺外
一场夜雨倾泻而下

百花沐浴着甘露
群山披上了金光

虔诚的子民在膜拜
神鹰翱翔万物生长
佛性夜雨飘飘洒洒

活　着

一群迷途的鸟
穿越亿千年前的森林
它们寻找肉和象形文字

它们的鸣声唤来雨水
热带丛林里
一群恐龙来回奔跑

我复活了

岭南二月

在岭南的画布上
牵出马匹来
饮下这春雨
飞出燕子来

绿头鸭在戏水
芦苇冒出嫩枝
背陶罐的姑娘盛满雨水
船桨声缓缓打开了新春

哑佬公

哑佬公
是村里唯一的孤寡老人
今年八十七岁了
靠政府救济金活着
他整天无所事事
蹲在村口的榕树下
晒太阳等日落
数着南来北往的游客
露出粗糙的脚趾
如果他看见有人走过
就叼起老烟筒猛吸一口
吐出人间烟火
然后大大咧咧笑着

他活成了一座雕塑

大江东去

多少英雄好汉
多少江山美人
淹没在江水中
白云千载悠悠

大江东去了

一壶老酒
倒在黄河岸边
两岸的猿闻到了酒香
纷纷跑来舔酒
醉倒在黄河边
一醉就是千年

大江东去了

我在梦中看见

黄河水干了
一群鱼在活蹦乱跳
然后像人一样消失了
古陶器露出原形
旧石器成为兵器
黄泥巴可以治病

大江东去了

壮烈风景

两棵树站在高岗上
爱人踮起脚来相拥
树影倾斜，凉风习习
一朵向日葵垂下头
藏着一颗花的心脏
我的心扑通跳着

一条隐秘的河藏着爱情

秘　密

钦差传来密旨
百花限期开放

我的舌尖溃疡
还在疼痛无比
我在花草中辨认母亲
找到治愈的药方

盼　望

在春天
我盼望着下雨
这样我有借口
跟春天来一场约会

在春天
我盼望着
春风送来喜讯
燕子筑窝孵蛋
一切都听天由命

原　谅

我折断了桃枝
花落在人世间
我原谅了自己

寂　寞

我独坐书桌

四周变得寂静

我用寂寞喂诗

诗一寸一寸长大

鸟　鸣

猫头鹰在赶集
白天鹅在张翅
丹顶鹤在喧嚣

冬天的使命已经结束
仿佛又回到烟火人间

古　猿

瞭望星空
古猿看到人类的出处

夜空漆黑善恶交替
我们赖以生存的星球
恐龙在做梦

他们走出迷茫的星际
走向永恒的山川湖泊
寻找肉和食物

我们迷路了，在瑟瑟发抖
地平线在倾斜
古猿的踪影若隐若现

画　家

他画山川湖泊
也画日月星辰

他画出古猿尾椎骨
骨头硬朗适合爬行

为了模仿直立行走
他费尽心机泼笔墨

喊　魂

小时候
妈妈喊魂：
"鼠仔回来"
我愣了一会
灰溜溜地回家

人到中年
我也喊魂：
"妈妈回来"
可惜再也见不着
母亲的身影

看 见

我看见三月桃花

想起满天红霞

天色便暗了下来

我看见大雁南飞

听见鸣声阵阵

天空留下了飞翔痕迹

我看见小河流淌

听到叮咚歌唱

大海凝聚了力量

我看见你绯红面颊

想起初恋情人

"扑哧"地笑了

人到中年

在雨中
我孤独地行走
兜兜转转又回到原点
原来最美的风景
是纯朴天真的少年

在风中
我忧伤地行走
人一晃半生已过
隔壁的灯火仍旧通明
只是我的两鬓已白

看 荷

石头抛在荷池
圈起涟漪成谜

荷花裹住眼神
藕断仍然丝连

游客缤纷而至
莲子立地成佛

某一天

黄河心碎惊涛拍岸
群山矮化大地沦陷

我心碎了镂空腹脏
玫瑰凋谢爱情迷失

爱　人

爱人，别忘了
送我一朵玫瑰
还有一个香吻

爱人，别忘了
送我一个紫水晶
还有一个蓝天使

爱人，别发呆了
我还指望春天呢

星空下

黎明撑开夜幕
白云打扫天空

北斗七星闪烁
太阳缓缓升起

迷茫的星空下
母亲指明方向

寂寞的春天

百花仙子贬落人间
满山遍野开在枝头

春风狠狠吹进骨头
春天不由自主颤抖

白骨垒砌一切苦难
繁华过后便是寂寞

妈妈说

我的睡眠不好
我的血压偏高
妈妈说："强身健体"
我落下莫名的泪

妈妈的心绞痛发
我说："妈妈，看看医生吧"
妈妈说："没事，忍忍就好"
我落下担忧的泪

终于有一天
我再也听不到
妈妈说
我落下悲伤的泪

辑 四

时光的印迹

时光印迹

花童抬轿走四方
花魁给了几块糖
他们吃糖留下纸
疲惫时忆旧时光

橄　榄

橄榄熟了

风吹树摇果欲坠

我拿竹竿轻轻敲

橄榄掉满地

我只要最大的一颗

送给心上人

其他的橄榄哟

消失了

秋天的果实

走过山坡小溪旁
一些不知名的树
挂满青涩的果子

我踩在湿草地上
赶着一群牛和羊
吹起无聊的口哨

我想起童年的祖母
她充满忧郁的眼神
藏着红彤彤的果实

心　事

风吹草动蝶双飞
大雁声声催人醉

我苏醒了，遥指东方
姐姐，别忘了绿叶
还有蓝莲花

时间之外

辑
四

时
光
的
印
迹

119

九重天外
我的思想在遨游
小鸟也扶摇直上
放纵着自己

神鹰扑来
叼走了祖辈的骨头
天色便昏暗下来

风

风拂过侏罗纪
裟椤生长，恐龙复活
三叶虫在蠕动
娃娃鱼至今还在鸣叫

风拂过黑森林
野兽嚎叫，牛羊奔跑
鸟在自由飞翔
我站在高岗上放牧白云

夏　日

蝉儿低鸣
蚂蚁搬家

莲花打坐
半梦半醒

一朵云

一朵云
飘忽不定
藏着我的尘世

一朵云
幻化成雨
落下忧伤的泪

大地充满慈悲

秋天的遐想

秋风舞落叶

秋雨渐渐凉

我浮想翩翩：

家乡麦子成熟了

邻家小妹长大了

秋天多么美好

晴　天

慈祥的朝霞
露出了微光

现实太喧嚣
我拂袖而过

油 柑

小小放牛郎
摘一串油柑
油柑青苦涩
嚼嚼后回甘
另外有一串
留给小阿妹

柿　子

小红柿挂满树
摇一摇掉落地
我拾起了禅意

隔壁的老和尚
光溜溜的秃头
刻着烟火人间

史 书

历史镂空记忆
鸟飞出黑森林
他回味着光阴

我迷茫了

在雨天

蜻蜓低飞
麻雀啼叫
螳螂静静交配
小树悄悄长大

我渴望拥抱你
流下伤心泪

黑　夜

菊花打开花瓣
路人陷落秋风
昏暗的路灯下
一对情侣相拥

我沉迷做美梦
恐龙迷失归途
往返原始森林
寻找生命归宿

夜来香

风铃叮当响
淡淡夜来香
恍惚的路灯下
我遥望着故乡
想起了放牛郎
还有青梅竹马
禁不住泪眼汪汪
我醉在红尘中
一袭华丽的月色
裹不住你的芳华

我等你长大

雪

雪落无痕
我从雪中掏出江山
活着的灵魂在颤抖

我的手脚痉挛
难免会被冻伤
雪的身躯被剖开
一群鸟从心脏飞出

我活着，等雪下

木　屋

木屋在山上
孤零零地站着
有风雨吹过

1

木屋有两只脚
木屋跨过群山跨过高原
木屋跨过黄河跨过长江
木屋跨过印度洋、太平洋、大西洋
最终它还是跑回原点
不过，它很骄傲地对人们说：
　"我走遍了中国，全世界"
　"你们可以把我拆掉了"
　"不行，你囚着一个叛逆者，
　他整天在臆想！"

人们认真地对木屋说

并用钉子把木屋加固

木屋在哭泣　群山如魔

铺天盖地向它扑来

一阵乱敲　木屋

摇摇若坠　叛逆者用牙咬出血

封住门缝　用木棍堵住门

再扛起木屋一阵飞舞

白骨纷纷落下

大地新添了很多孤坟

群魔后撤　叛逆者对人们唱道:

"我是天使来到人间,

我要用火埋葬你们!"

人们愕然大惊,一道红光掠过

人们开始撤离　叛逆者大笑

群山哆嗦　灵魂脱窍而出

地狱之火猛烈烧向群山

小草枯萎了

树木只剩下地下的根

花岗岩也变成炭土

奈何桥上新添了许多生灵的魂魄

地下的根还活着

它深深地扎在地球的心脏

吸着大地的营养水分

期待春天一到

就努力成长

它想长成擎天柱

成为天梯的一部分

它想窥视天堂的人们

生活是怎样的美好

它还没长大

就给叛逆者做成木屋的幡旗

从天堂到地狱

树垂下了头

叛逆者不会给树任何机会

生生息息

哪怕喘气

都会威胁到自己的地位

叛逆者要在木屋里树立雄威

让人们臣服

让群山臣服

叛逆者在木屋用树根撰写史书

正史也好野史也罢

反正他都不看一眼

就把书稿吞进肚里

闹个消化不良

叛逆者又重写史书

用仿宋体或者隶书

还是狂草

无人问津

叛逆者又把书稿吞进肚子里

嚼碎

结果腹泻不停

叛逆者再写史书

这次他学精了很多

他把书稿嚼碎嚼碎再嚼碎

结果还会便秘

他真没办法

史书就是难写

不如乘天梯

到天堂去看看人们如何撰写史书:

"公元某年某月某日某时,

地球发生一场叛逆者与群山的战争,

胜利者是叛逆者。"

这是一个人的胜利

他该高兴还是伤心

无人知晓

木屋看到了这场战争的全景

它无语

该沉默时要沉默

2

群山消失了

还有水

水是生命之源

叛逆者把木屋安置在河边

就在黄河边上

就在长江边上

可以听黄河的咆哮

可以听长江的呜咽

必要时木屋会振动翅膀

伸手抓鱼抓虾

更有可能抓到鲑鱼

就能抓到回家的路

这回家的路啊

叛逆者不知道想了多少回

他寄情于山

山消失了

画家用五颜六色的颜料

画出苍翠的山

在叛逆者的心中

这才是真实的山

他寄情于水

水的矫情

水的呻吟

让他一度亢奋

让他一度萎靡不振

这种醉生梦死的生活

维系着他的理想

偶尔一个浪花打来

夹杂着石头扑面而来

浪花是史上的浪花

石头是史上的石头

惊醒了叛逆者的梦

打乱了叛逆者的生活

衣服湿了

伤痕累累

听说黄河的泥土

可以疗伤

叛逆者在自己身上敷泥

这泥土果然有效

没多久伤口就结痂

自然脱落了

就像婴儿脱离母体

只需剪刀"咔嚓"一声

叛逆者的皮肤泛白

像新生婴儿一样娇嫩

他在黄河两岸洗澡

他在长江两岸洗澡

把身上的疮毒洗掉

把舌苔洗掉

把历史的黑暗洗掉

把虚伪的面具洗掉

木屋看在眼里记在心上

它无语

该沉默时要沉默

3

百川向东汇流成海

黄河、长江也不例外

叛逆者背着木屋

在臆想：

他的心有多大

木屋也跟着有多大

一瞬间　木屋把海洋都盖住了

没有了太阳的光芒

海里的物种都缺氧

海里的物种在拼命挣扎

乱撞木屋

叛逆者死守阵地

木屋坚如磐石

黑暗笼罩着大海

海里的物种坚持没多久

——瘫在海底

没有生命的海

能叫大海吗

大海在哭泣

叛逆者一下子心软

木屋随着慢慢缩小

大海重见光芒

海的生命复活了

在叛逆者的眼里

海的女儿在跳舞

海龙王流下了热泪

惊涛拍岸

大浪亲吻着木屋

木屋在海上漂啊漂

何处是温暖的家？

叛逆者不知道

木屋更不知道

海水吞噬着叛逆者的心

也吞噬着木屋的心

心慢慢长锈

像铁锚一样

船到哪里它就扎根在哪里

海枯石烂也不变心

叛逆者突然发现：

精卫填海用的石子

是用心做的

女娲补天用的石头

也是用心做的

他想到这里

不由一阵紧张

自己的心

会不会是石头做的

他摸了摸心脏

跳动的频率跟海浪的频率一样

心果然是石头做的

叛逆者摸了摸木屋的心

怎么它的心也是石头做的

难道海水也能腌制心脏

风化晾干制成化石

这需要上亿年啊

在这里只需分秒

叛逆者赶紧上岸

还是山上安全

木屋看在眼里痛在心上

它无语

该上岸时就上岸

木屋在山上

孤零零地站着

有风雨吹过

图书在版编目（CIP）数据

秋风集 / 丘锋著. -- 武汉 ：长江文艺出版社，
2023.12
　　ISBN 978-7-5702-3315-1

　　Ⅰ . ①秋… Ⅱ . ①丘… Ⅲ . ①诗集－中国－当代
Ⅳ . ①I227

　　中国国家版本馆 CIP 数据核字（2023）第 158488 号

秋风集
QIU FENG JI

责任编辑：胡　璇　　　　　　　　　　责任校对：毛季慧
装帧设计：阅客·书筑设计　　　　　　责任印制：邱　莉　　王光兴

出版： 长江出版传媒　　长江文艺出版社

地址：武汉市雄楚大街 268 号　　　　邮编：430070
发行：长江文艺出版社
http://www.cjlap.com
印刷：湖北新华印务有限公司

开本：880 毫米×1230 毫米　　　1/32　　印张：5
版次：2023 年 12 月第 1 版　　　　2023 年 12 月第 1 次印刷
行数：2910 行

定价：58.00 元